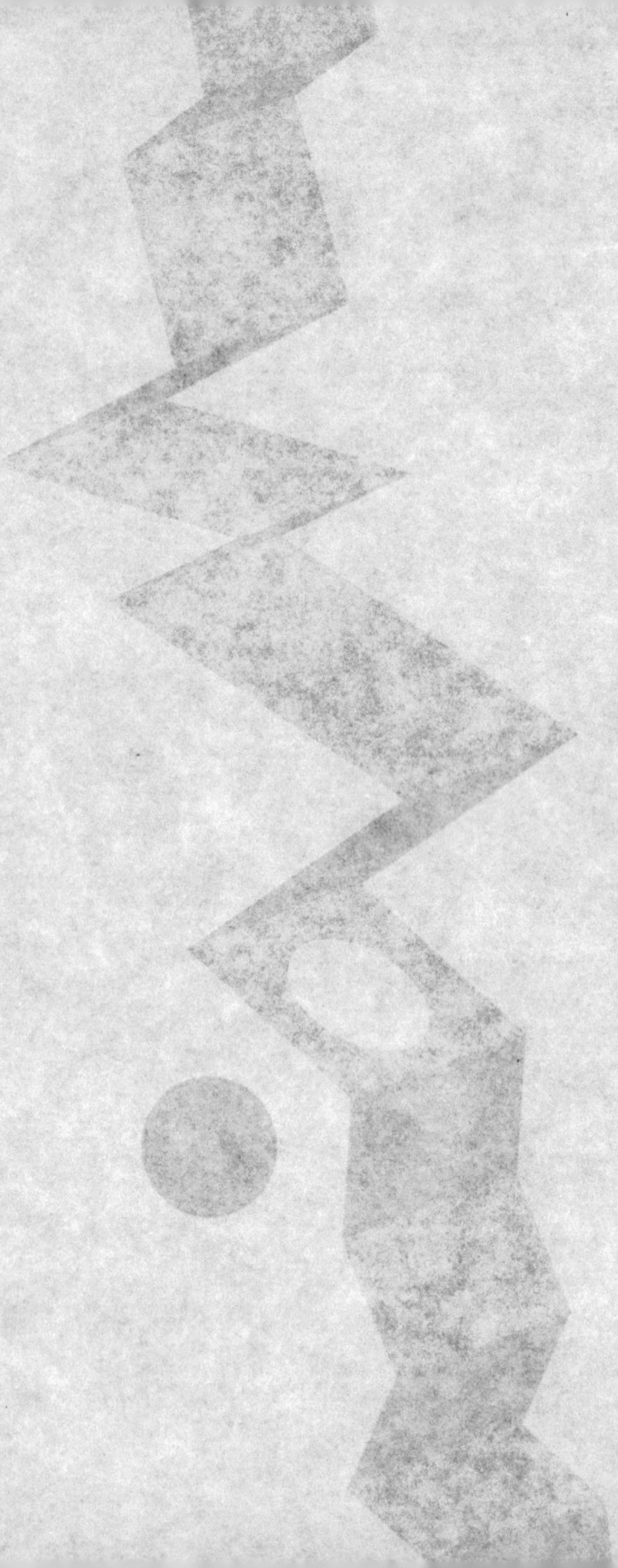

落雷はすべてキス

最果タヒ

新潮社

もくじ

落雷はすべてキス

愛していない人にも優しくしたい。
それくらいの余裕がほしい。
愛されていたい。ずっと。
さみしさを養分に、人を愛するなんてごめんだ。
一人で見る月もきれいです。
多くの人が孤独なので。夜はすべての人のものなので。
誰にも愛されなくても、愛される価値がぼくにはある。
人が生まれる前の時代の月と、ぼくは同じです。

上弦の月の詩

遠くのほうで
死んでしまった恋人たちの指輪が、
土星の輪よりも、ずっと遠くで、
無人で回転していた、
愛しているって言って、伝わらない間、
その言葉は唯一、永遠の言葉になる。

指輪の詩

最小の星座

恋人たちは手をつないだまま、
一人しか入れない棺に飛び込んでいく、
私たちはだから、棺からはみ出した、つないだ手を
引き剥がしていく必要がある、
死に際に、最後に、一番に愛していた人が、
人生で最も愛した人かはわからない。
わからないから死後も手をつないでいたいね、と、
頷きながら死んでいく二人の手を、
引き剥がしている。
あなたたちは今から美しい星座になるから、
寄り添いあってはいけないのです。
孤独に還っていくことが、生きている人には美しいとは思えない、
死ぬことを美しいとは思えない、
けれど私は手を引き剥がして、あなたたちを星座にしている。
愛の美しさではなく、星として、
あなたたちはきれい。

泣いている人は美しいな、
救えば恋が始まりそうだから。なんて言う人の、
恋が永遠に始まらなければいい。
誰も救われなければいい。
夏はどんな瞳も全部溶けはじめの氷みたいで、
涙のすべてが意味をなさない。
どこかで気温が下がるたび、誰かが泣いていると思う。
知らない誰かが呼んでくれる秋を、ぼくは愛している。

残暑の詩

悲しみの深さで証明される愛なんてないのに、
全ての川が枯れてしまったような痛みがある。
ぼくの涙がここに流れて、
また豊かな水辺になって、それを愛と呼ぶ繰り返しだ。
きみのために不幸になってもいい、
なんて言葉で、好きを強化しなくていいよ。
生まれてすぐの、幸福しかなかったころの朝の光を、
ただきみの目の中に見つけた。

川底の詩

氷柱

大人の人は、みんな明日死んでもおかしくないんだと思っていた、
子供のころは。

靴を脱いで、裸足で立つと、
どこにいても今にも滑り落ちてしまいそうだった。
裸足で立つと全てがゴツゴツとしてどこも月面みたいだよ。
残酷と言えばそうだけど、
簡単に折れそうなつららのように
全ての人の命が見えていたころの私の瞳の中は
光がずっと乱反射して、うつくしかったのも事実です。

私が手を伸ばしたそれが誰の命なのかはわからない。
ふと折ってみたときに、私が倒れて死ぬのかもしれない。
それでも折ってみたかった。
他人だったらどうするの、
あなたじゃなかったらどうするの、と叱ってください、
自分の命は大切にしなさい、とかではなくて。

私がやろうとしたことは、殺人だよ、と叱ってください。

こんな美しい景色が見えているのは私一人なので、
誰も何も言わなかった。
私はだから自分で言いました。私じゃなかったらどうするの。
死ぬのが私じゃなかったら。
まるで自分の命を一番におもう人が
星から消えてしまったようにおもえた。

地平線から陽の光がゆっくりと差し込んで、つららを照らしていく。
宇宙ステーションからは、地球の影がずっと動いているのが見える、
人の命はずっと群れのように光っていますか。
私は、優しい心を持つ自分が、心の底から嫌いです。

遠い未来、だれかのためだけに私は涙を流す。
その涙は真珠に生まれ変わって、
それがきっと、時を遡り、今、私の手元に。
私のさみしさを約束するように、光を反射している。
愛していると言える。
永遠は見えないのに。
いつまでも変わらない愛など、嘘以外にどこにもない。
でも、ずっと愛していると、言える。

私は、きみがいなくなっても、
きみの名前を呼ぶだろう。
私の海の波音はもうずっと、きみを呼んでいる。
それだけは、永遠なんだ。

真珠の涙だけが、
海の底まで、溶けずに落ちる。

真珠の詩

雪

儚いものほど美しいなら
嘘をついた人の言葉はすべてが美しくて、
永遠でない愛も
はらはらと空から降りてくる雪のひとかけらとなり、
ぼくの体の中で
ぼくには少しも儚いと思えない、
しつこく脈打つ血液と、あたたかいままの指先が、
通り抜けた冬や春の編んだレースに穴をあけていく。
ぼくはすきだよ、とあなたに言うとき、
それが本当なのかぼくもわからないし、
どれもいつかはかならず消える、
本当がいいんだ、永遠がいいんだと言う人たちの吐息で、
雪は溶けて消えていった。

美しいものが消えていくのは、こういうとき。
真実の愛に人々が喝采するとき。
好きだった人のことを好きでなくなったことがある人すべてを、

傷つける愛だけがあたたかくて永遠だ。

孤独なときほど、誰かに何かを奪われている気がして、
もっと一人にしてくれと願う。
落ちても、落ちても底が見えずに、
ぼくは、もうすべてをきみにあげるから、
他の誰も何もぼくから奪うなと叫んだ。
愛しているという言葉はそうやってぼくの喉奥から現れる。
嘘は、美しい。月は自分を燃やして光っている。
ぼくはきみが好きだよ。

衛星の詩

運命

「あなたは偶然にも恋人みたいな顔をしてそこにいた、
わたしは恋人が欲しくて、
だからあなたは恋人ということになった、
紐の片方を引っ張ると、綺麗な結び目がその向こうでできていく、
運命って引き金は自分で引くんだよ、
でも少しも自分の意思でない気がする、
だって、誰でもよかったから。」

海がそう話している、ときみは言いました。
そういうことにしたいんだと、ぼくはわかっていました。
海がそう話している、誰でもよかったと。
ぼくらの話ではない、と。
いつか死んだら灰を海に捨ててください、
そうしてぼくらの話にしましょう。
誰でもよかった、
ぼくらは互いに誰でもよかったのだと、
誰もいない砂浜で響く波音になりましょう。

美しくはない町と美しい紫陽花
切り取り線みたいな雨　あなたの沈黙
切り取られていくことはないまま、
いつか切り取られるとわかっている二人が、
今だけ隣り合っている
いつか死ぬとか、そんなことよりずっと早く
私たちは離れ離れになり、
どちらかが死んでも気づくこともないだろう
どこかの海の波音のようにどこかで生きていると信じて
死に際にきみが私の名を呼んでも、
私がきみの名を呼んでも
届かないのだ
それでも死に際に手をとって、愛してるよと言うよりは
ずっとすべてが本当だね

なんて、嘘からひたすら逃げていく人だけが落ちていく孤独があり、
それは湖の形をしていて、
誰もが白鳥に生まれ変わりそこを泳いでいる、
自分たちは美しいからさみしくはないと思い込んで
たまに寝言でもう覚えていない誰かの名を呼んでいる

湖の詩

1/7000000000

人を殺した人のほうが、
ぼくよりコミュニケーションをしている、って、
気づいた時に靴を全部捨ててしまいたくなった。
命は大切って好きな子に言われて、
何度もうなずいているうちに、
その子は家に帰ってしまって、
夕暮れが全身を染め、冷えていった。
きみは、人を殺さないのに、それだけでは愛されないね？
雨が不思議そうに、ぼくをみていた。

そうだね、
いつも、あなたに愛されないからかなしいのではなくて、
だれにも愛されないことがかなしく、
それなのにその涙をあなたにばかり見せている。
あなたは、だからぼくを愛さないし、
ぼくに愛されていると信じていた。
あなたにとってそれだけが永遠になるなら、
ぼくはいくらでも孤独でいようと思っている、
ぼくの涙がその日だけ、海になるから。

好きな人のためだけに美しい心でいようとする。
地平線に走る炎のような夕焼けを見て、
すべてを燃やすくらい、純粋さが力を持てたらと願った。
優しくいるということは、
傷ついてもいいと契約すること。
雨に打たれるだけで傷だらけになるような心になって、
私は自分が誰よりも強いと信じられた。
それでもきみが好きだったから。

夕焼けの詩

吹雪

桜の花びらは、死んでしまった人の指先で、
ぼくの頬に触れて去っていった。
ぼくのことをちゃんと撫でたかっただろうに
あなたたちにはそれがもうできないのだと、わかるから、
春はもっと一気に終わればいいと思う、
世界が崩壊すれば無数の破片で、ぼくを撫でることができるだろう。

生きることや幸福でいることが、
死者のため、生き残る人間にできる唯一のことだと言われて、
ぼくは息のできない海に飛び込んで、
その雫すべてを死者の指だと思うとき、
なによりも彼らのためにいる気がする、と答えた。

ぼくの不幸でさえも、あなたたちを思い出す引き金となるなら美しい。
生きているも死んでいるも関係ないところで
ぼくたちはいまだに抱きしめあっている。

死んでいく人が、生き残る人の幸福を祈らなくちゃいけないなんて、
ぼくは許せない。
きみは、「あなたはずるい」と言い残して、
死んだっていいんだよ。

光の注文

ぼくを好きな人がいる気がする、
会ったこともない人、どこか遠く、知らない人、
ぼくのことを知らない人、
その人がもしも目の前にいたらぼくを好きになる、
咲いた花を見ているときだけ、そう確信できる。
ぼくはとてもさみしい人だとあなたは言うだろうか、
ぼくはずっと、あなたに会えていないから、
それまでは不幸と言えるのかもしれない、
死んだほうがよかったと言えるのかもしれない、
あなたに会えるまでは。
死んだほうがいい人生をいつまでも生き続けるのだ、
あなたがどこかにいると信じて、満開の花畑。
美しい景色だけが、人に苦しみを与えられる。

手のひらで拭った涙がすべて、どこに流れていくかぼくは知っている、
死んでしまった人たちが、白鳥になって泳いでいる穏やかな川。
誰もが、生きていたとき、どうしてあんなに苦しかったのか、
忘れてしまったと話しているんだ。
ぼくは思い出してほしくて、涙をあの川に雨として降らしている。
あなたが傷ついた日のことを、あなただけは忘れないでほしい。
恨んでいてほしいわけではなく、
この雨を心地のいいものだと思っていてほしい。
あなたの体の中に流れる血液の感触を、
知っているのは、あなたの涙だけです。

愛しているとは言えても、
あなた以外、あなたの血の巡りを感じ取ることはできない、
あなたの悲しみをだれもが美談にする世界で、
あなたは目をとじて黙る、すべてを忘れないまま、
黙るその横顔にすべての人が、なにも言えなくなる瞬間、
あなたは唯一の白鳥座になって、

夜の光に刻印される。

涙の詩

きみのことを好きだと思うとき、
遠くのろうそくの炎がひとつ、不意に消える、
その繰り返しで、
いつかまっくらの夜が遠くの街にやってきて、
満天の星を知らない誰かが見上げている。
「愛している」が誰かを救うことなんてないのかもしれないが、
それは誰のことも愛さない理由にはならないから、
ぼくはいつまでもきみが好きで、いつまでも寂しい。

こいぬ座の詩

水たまり

あなたたちが号泣するとき、
ぼくの分も泣いていてくれていると思っていた、
たとえぼくのことを知らない人でも、不幸な人でも、
ぼくのために泣いていると思った。
そうやって人は、かわいそうな人に優しくなるのだ。
ぼくの心がすべて優しくなり、
哀れな人のために使い果たされ消えて、
乾いていく水たまりのように消えていく。
それを踏んで駆け抜けていく小さな子どもたちの背中に、
ぼくは何を言えばいいのかわからず、
もしかしたらぼくは、死んでいて、
あの子たちこそ今のぼくかもしれないと思った。
そんなふうに人は、自分のことを嫌いになっていく。
誰かのことを途方もなく愛して、
自分のことを嫌いになって、世界は平和になっていく。

天の川

天の川はすぐそこ。

燃えている音がする、
ぼくの足音がよこたわって、
自分は今眠っていると気づく、
川底に横たわる星と宝石と石屑の光はどれも同じで、
ぼくもいつかそんなふうになれる、
骨になれば。白い骨になれば、
この川に沈み、きらきらと光るだろう。
死ぬことは昔からとても怖いけれど
死んでしまった後のこの体を
ぼくはたぶんだれよりも抱きしめたいと思うだろう。
それができなくて、できないから、
だれかにぼくの死を悲しんでほしくて、
あなたの人生になくてもよかった悲しみを宿らせたいと願っている。

好きだ。

死んだ人のことは悪く言えない、ときみは言った。
ぼくは、ぼくのことをやっと抱きしめたくなるよ、
ぼくが死んでしまった日に。
遅かったと言わないでほしい、
ぼくはぼくを愛せたとそれでも言わせてほしい。
死んでしまったぼくはとてもかわいそうで、悪く言えない。
自分を愛せたら最大の幸福だと言われている海で、
波音を聞き続けて生きている。
いつか、死ぬから許してほしい、
今は許してほしい、
この世界には天の川があるから許してほしい、
死に際、ぼくはぼくを愛せなかったから、
殺されるんだと思った、
すべての人が、死ねば自分を大好きになる。

砂漠

人がなにもかもを愛したら
あっという間にすべては砂のように崩れていって、
きみだけが取り残された、
最後にきみの前で砂になったのは
だれも奏でることができなくなった無数の楽器たちで、
きみはずっとなにも弾くことができなかったことを
そこで初めて後悔した、
ずっと友達を作らなかったことをそこで初めて後悔した、
たとえどんなにたくさんの人に好かれていたとしても、
きみがだれか一人だけを愛していなければ、
だれもあの世には連れていかない、
だれもきみの手を引く勇気を持てない、
みんな、きみが好きだから。
一人きりの世界で寝転んで見た夜空が、
たぶん、これまで見たものの中で一番きれいだ。
だれにも恋をしなかった人生を、
誇ってほしいとみんなきみに思っている。

新しい日

誰だって生まれてきたのは間違いで、
ただ、そんな間違いで覆るものがこの世界には一つもなくて、
今も静かな海がきみの前に広がっている、
ぼくは、もしも自分たちに
世界を終わらせられる力があれば安心しただろうって知っていて、
それでもそんな日は来ないから、きみのことを愛している。
きみだけが唯一、
これから悲しむことも傷つくこともある人であるような気がして、
ぼくはきみのことを愛している。

(海がずっと飲み続けている月の光のことを知らない、
ぼくらの知らない場所で光っている灯台の、名前を知らない、
変わらないものなんて何一つなくて、
本当は全てが取り返しのつかない変化を経て、
たまに傷ついて、それでも黙っている、
誰もぼくらを責めずに夜の下で、
変わらない美しさのふりをしている、

だから不変のふりをして、
ぼくはきみのことを愛している。）

きみが持つ優しさだけを愛情だと名付けたい。
それ以外に愛なんてどこにもなくていい。
ぼくのすべても愛でなくていい。
愛はそれくらい儚いものでいい、
きみのてのひらにたまる小さな湖でいい。
きみがぼくを好きでなくなっても、ただ静かな夜が来るだけだ。
湖に映る星をふたりで見ていた。
でも見上げれば、いつもそこに星はある。

日没の詩

BABY

恋をすることそのものが罪になる世界が羨ましいと、誰かが言い、そうやって恋が、多くのものと引き換えであれば誰かには信じてもらえると夢を見ていた。

世界を懸けてでもきみを愛すると言った人が、心変わりすることもある。夕陽がある日、海に本当に沈んで、海は沸騰し、生物はみな死んだ。すべての人が死んでもいいからぼくはきみを愛するよ、とあなたに言ったあの人は、今、別の人が好きだそうです。

そういう世界に生きている、たくさんの骸《むくろ》が並ぶ場所にあなたは一人で立っている、何も懸けずに愛しているると言えたためしがない、人は一度も、何も懸けずに愛を告げたことがない。

誰も行くことができない場所に咲いている花を、みなが美しいと言っていて、くだらないことだと花は思っていた。ぼくの愛はあれだ、きみの愛もあれだ、それさえもくだらない勘違いだ、ぼくたちは誰もがあの花で、本当は誰とも、きみとも、会えたことがない。

2022

愛していない人に愛してると言うのが、
一番さみしさを正直に叫ぶ言葉であるような気がする。
花火は焼夷弾みたいな音がする、
大好きだけど、きみがぼくのことを好きになるくらいなら、
ぼくのことを知らないまま、
ぼく以外の人を大嫌いでいてくれる方がずっといいよ。

雨が降っていて、誰かが眠りはじめて、
地平線に誰かがつけたライトが光っている、
あなたがさみしいのは自業自得と言われて、
ぼくは笑った、
ぼくは笑った、
きみの恋人になって、
買ったばかりのアイスクリームが溶けないように急いで、
家に帰る夢を見たんだ。
走るだけのその夢の中でだけ、
今、地上で死ぬ人が一人もいないことがわかった。

あの時間以外、全ての世界が戦争中。

愛は美しいと言うだけで、消える孤独もあるだろう。
そのためにいくらでもこの話はできるけれど、
たまにそんなものがなくても、
傷だらけで泳いでも少しも痛くない海が
あればいいだけのような気がする。
さみしい人は、さみしい人と友達になれない。
でもさみしい二人なら、
同じものを綺麗だと思える、秋の中では。

銀木犀の詩

愛していると言えたら、
それが永遠にどこかで響いていてほしい。
たとえ関係が終わっても、
その声が波音として響く遠くの海があってほしい。
どこかで、嘘にしたくない、愛という言葉に関わる限り。
自分が生まれてきたことを、間違いだと思いたくない。
なんて、わけではなくて。
きみを永遠に支える静かな海を贈りたい。

波音の詩

宝石

さようならの意味がわからないのは季節だけで、
だから戻ってこられるんです、
死の意味がわからないのは花だけで、
だからまた咲けるんです、
別れを知ると、星々は大地に眠る宝石になり、
誰かが誰かに何かを誓うための指輪になる。
誰かが、いつか終わるものを永遠だと誓うから、
時間は進むようにも思います。
あなたは私のさようならの意味がわかるので、
きっともう戻ってこられない。
けれど、消え去るのは私なのかあなたなのか、
それは私たちどちらにもわからず、
私は私が死んでいたらいいなと思う。

あなたに、私にあり得た永遠をあげよう。
そうして永遠となる別れと、消えていく私と、
たぶん少しも永遠にならずに別のところで消えるあなたと。

けれど、どちらにも同じ、雪が降っていた。

開かれた本から心臓の音がする。

閉じられた本は神様のまぶた、
きみもぼくも永遠に生きていける気がするのだ、
いまなら、誰も見ていない、
愛していると、思っていなくても言える。
そうやって人々は、恋人になっていった、
さみしい人が減っていく、
それだけでいいことのように思う。

雨の音を聞いている間、
ぼくには、死ににいく人の足音が聞こえる。
いつか、ぼくが幸せにしなくちゃいけない人が、
今日、死を選んだらどうしよう。
多分すこしも気づけない。
ぼくの心の代わりに、遠くの流氷がひび割れて、鳴いていた、
春が来ている、夏が来て、いつまでもあたたかくなっていく。
冬が途方もない昔話になり、
ぼくは冬の景色について書いてある本をひらく。

あのころ、ぼくは誰も見捨てたことがありませんでした。
でもかわらずに、ぼくはうつくしい世界の中にいる。

赤

まっしろい雪の景色を、
見たこともないのに記憶している。
すべての美しさを知っているふりをして、
冷え切った空気の中で、白い斜面に足跡を残す。
愛しているなら、
きみはきみを犠牲にできるはずだと言われて、
まるで世界から捨てられたみたいだった。
私を捨てることでみんなは何を得たんだろう。
足跡のない雪景色だといい、
誰かの故郷に綺麗な雪化粧がほどこされて、
私は夕焼けになって、
赤色の光を一度きり、きみの街に満たす。
私は私が大切で、死にたくなかった、生きたかった、
きみたちの世界は私の死後、だけどきっと今よりきれい。

誰かに優しくしたときに、ぼくはさみしがってしまった気がして恥ずかしくなる、いくらでも一人で生きられるのに溺れるふりをして誰かが来るのを待っていた気がする。（誰かに恋をしないといつまでもこれが続く）

（ぼくは命を捨ててまで誰かを救うことは多分しない）

（それなのに優しくてごめんね）

（さいあくだ、さいあくだ、と波の音）

（死んだ人みんながぼくを心配している）

誰にだって優しくしているときほど、自分以外の優しい人には会えなくて、救世主になるしかなくなる。そうやっていつか誰かに裏切られて殺されて、人生が終わる、そうやって、波の音になり、溺れるふりをする人に語りかける、さみしくて、やっと、さみしいと言えるようになるのだ（さいあくだ、さいあくだ、と波の音）きみたちのために、ぼくはいつまでもぼくのことだけを嫌いでいるよ。

誰かを愛することを、
そんなに肯定的に見做《みな》さないでほしい。
ぼくはいつまでも落ちてくれない線香花火を手渡されたみたいに、
自分の愛情が燃えて、綺麗で、煩わしくて、
いつまでもこの光のせいで夜が明けないことを察して、
孤独の中、誰のことを憎んでも嫌っても
きみが打ち消していく暗い日々を生きている。

線香花火の詩

それから

夏、どこかで常に溶けていく氷がいて、
どこかで誰かが手を繋いでいて、
どこかの海で必ず陽が沈んでいく、
いつも、つねに、かならず、どこまでも終わりがなくて、
すべてがすでに始まっていて、
私はたまに夕焼けの中で日差しに肌を焼かれながら
何もかもこのままでいい気がして、嘘をつきたくなる、
恋ができたらいいのにと思う。

私がいなくなればきみが終わり、
私も終わり夜が来る、秋が来る、
きみの体が冷えていく、
冬が一番きれいな季節だと思うと、夏生まれのきみが言う。
恋人たちは戦場に行った、
守るべきものがある人は戦場に行った、
誰も大切でない人だけが生き残って海の景色を愛している、
自分を好きだった人（そんな人はいない）が、
遠くで今、死んでいく気がする。

金平糖と金木犀、
金色がないのに金色の、
星ではないのに星の気配の。

幸せになりたいのに
具体的な幸せの形をあてがわれるのはいやだ。
とてつもなく澄んだ川と川が交じって、
少しだけ水の温度が変わるようなそんな恋がしたい。
愛しているという言葉じゃ
少しも治らない傷口があることを、お互いに許し合おう。

金色の詩

陽

さみしさは殺意、
恋愛はそれをぶつける相手を見つけるための、言い訳だ、
(きみが好き)(きみはぼくが好き)、
永遠にそばにいて、死なないでいてほしい、
さみしさは殺意、
恋愛はそれをぶつける相手を見つけるための言い訳だ、
しぶといきみは、永遠に死ぬことなく、
ぼくのために生き続けるだろう。
夕焼けみたいに。
(赤くなる、ずっとぼくのことを
殺したくてたまらなくて、でも、
ぼくはいつまでも生きているから、
ぼくのことが好きでたまらない、夕方の空)
早くいなくなってほしいと、好きな人にほど思う、
きみもぼくにそう思ってくれている、
いつかくる死が少しだけきれいなものだと信じられる日。

朝日

きみの代わりに横たわっているぬいぐるみは、きみのために眠っているのか、きみのために死んでいるのか、ぬいぐるみさえ知らない、きみだけが知っている。不幸でいると綺麗にみえることがあるらしい、青ざめた顔で早朝に窓から、庭の花を見ている、枯れた花もあるのに全然気にならない、きたないものがあっても、痛くはないから気にならない、朝の光があればなんでも存在する理由がある気がするし、怖くないと呟いた。

そこまで愛していないものに、一番大切な秘密を話して、安心したくて、人は花を大切に育てる。枯れてくれてもだからいいのだ、醜くなってもだからいいのだ、ぼくはきみの恋人で、きみにとっての花だなぁ、とも思う。枯れてくれてもだからいいのだ、醜くなってもだからいいのだ、地平線の向こうから見える朝日が綺麗なら、きみはあとはどうだっていいのだ、好きだという言葉に幸せを祈る意味はない、意味はないよ、好きだという言葉だけにすがって、枯れていく庭の花々は、みんなそのことを知っている。

死ぬほどではないよと言われた悲しみが、
きみの心臓に降り積もって満月よりも本当は眩しい、
救われるたび、だれかを嫌いになることが許されなくなる、
自分の心がうつくしければ生きていけるなんて、
だれのことも幸せにしたくない人が言う言葉です、
きみの月の光が欠ければいいな、
三日月、新月、
消えていくさみしさなどどこにもなく、
必ずまた満ちていくけれど、
今日、きみの月の光が欠ければいいな、
愛するってそれくらいのことを
祈っているに過ぎないんだ。愛している。

新月の詩

満月の奥にぼくの心臓がある、
ぼくが孤独だと泣くあいだ、ひときわ月は綺麗です、
それを見て、誰かが誰かに愛を伝えている。

満月の詩

幸せ

誰もいなくなった街に火をつけたって、それは罪だよ。
好きになった人に愛されても、
本当は、それが夢だったわけじゃない。
自分の人生の満たされなさと関係のないところで
ぼくが幸せになっていく。
ぼくより別の美しいものをみてほしかったのに、
ぼくはむなしくて、きみの名を呼んだ。
それは罪だよ。
秋の夕焼けだけが、
すべての街を燃やす権利を持ち、
きみの名を呼ぶ権利を持つ、
きみに愛されることが夢だったことなど一度もない、
ぼくが満たされる理由には決してならないのに、
秋になればなるほど全てが美しく、ぼくの全てを染め、
きみはぼくのことを愛していく。
きみの人生も、今だけむなしいものであるといい。

薔薇

優しい人たちが孤独でいるとほっとする、ぼくの暮らすところで降る雪は、肌に当たるころには崩れきっていて、雪を死なせた罪を、着せられているみたいだった。あなたが、愛しているとぼくに言うとき、本当に愛していた時間は終わっていて、終わっていく理由をぼくの中に求めたかっただけではないかと、分かっていて、分かっていて許すのが恋人になるということだった。きみの愛は終わるはずもないものだったということをしめすために、きみの愛をうらぎる一人として恋人になろうと、思いながらぼくは、ただ美しい人でありたかった、雪の中でぼくはいつも自分を春だと思っていた、あたたかい空気の結晶としているから、雪がぼくの肌の上で死んでいくのだと。あなたの愛を殺していくのはぼくが、あなた以上にあなたを愛しているから、そんな気がする、さっきまでは、薔薇だったぼく。

指輪

あなたは、死んだ人の名前を借りなきゃ悪口も言えないのか、と、雨音が言い、傘がそうです、そうです、とばかり答える。

湖に行けば傘を捨てて、ぼくは足首をその水に浸して、雨に打たれながら黙るだろう。人は答えたくないことほど答えてしまう。他のことに気を取られて、別のものを守ろうとして答えてしまう。ぼくはほんとうに死んでしまったあの人が、きみを軽蔑すると思ったのです。ぼくはきみのことを軽蔑などしないが、きみを軽蔑するようなそういうダイヤモンドのような冷たいうつくしい心がこの世にあることを宝石に変え、指輪にして、ぼくたちの指に飾りたかった。

婚約も結婚も指輪になるならば、誰よりも罪を知りながら許し合うことも指輪になるはず。死んでしまった人の心を指に飾るのです。そのために、本がある、絵がある。遠いむかし、死んでしまった人の心に触れるために。うつくしい心の形跡は、ぼくの代わりにきみを軽蔑してくれて、まるで愛が最上の敬意であるように、生きる人は錯覚をする。この街で、ぼくらは恋人。

大丈夫だよ、
きみが読んでいる本は
きみのことをひとつも理解していないから、
安心するといいよ、
きみの孤独をよく照らす光を灯していくだけだ。
開いて、閉じて、本を。
ぼくの孤独がまばたきをしている。

この全ての本が、
ぼくのために書かれたわけではないことが、
ぼくの一番きれいな孤独。

本棚の詩

麻酔

夢も恋もぬいぐるみほどは燃えない。
大切だったかどうかわからなくなったものの方が、
大切なものより、失うとつらいんだよ、
だから私はきみに、ちゃんとさよならを言うんだろう。
きみは、とてもつらいだろう。

擦ったマッチにまとわりついた火が、
遠くの夕日と同期していく、
誰もいない世界で眠るときでさえ、
誰かが自分の名前を呼んでいる気がする。
きみは、私がいなくなると、
私が大事だった気がするだろう。
そうやって人はなんとなく
どうだってよかったものを忘れられなくなるんだろう。

空は毎晩焼かれて毎晩痛いらしい。
赤く滲んでかわいそうだ。
きみは、きみにとってどうだっていい人が、
何人もいなくなって、悲しくなって、
まるで自分の人生には好きだった人が
たくさんいたような錯覚の中、
「人生は美しかった」と、思う。
その日に見た夕焼けは、とても美しくて、
きっと痛くても、喜んで燃えている。

天使と人

恋人の片方が早くに死んでしまうのでとても悲しいという話を読んでいるぼくには友達もいません。好きな人のことを考えたいのに好きな人がいなくて、ぼくの体の中から今日も、川が流れていく、可愛い赤ちゃんがいるねと誰かが言って、可愛くない赤ちゃんもいるんだ、と思った。ぼくは、あなたたちが幸せでいてほしいと思う、ぼくも幸せでいてほしい、可愛くない赤ちゃんもいるんだ、しかたないですね人にはそれぞれ得意不得意がありますから。ぼくには恋人がいませんが、恋人が死んでしまったときの美しい涙を流してみたいのです。

そのかわりに流れ星があるのですよと、きみが言った。
そのかわりに皿にヒビが入るのですよと、きみが言った。
そのかわりに桜の花びらに筋が入るのですよと、きみが言った。
眠るきみのまぶたの線が、ぼくの涙のかわりですが、
ぼくはそれを秘密にしている。

誰のことも愛してなくても、命を美しいと言える星。

The Kiss

手のひらに、薔薇の花があって、
花の付け根から切り落とされている、
好きな人の頬に自分の顔を近づけるとき、
手のひらに置かれた薔薇の花を思い出す。
きみの顔に触れるとき、
きみが事切れてしまったそのあとのことを想像してしまう。

ぼくは、わかっている、
全ての人がいつか死んでしまうことを、
とっくのむかしに受け入れて、
こどものころ、しかたがないと思ったのだ。
いまさら、死なないでと思うのは、
あの日から感じてきたもの全てを嘘にすることだからできない。
ぼくはゆいいつぼくだけが死なない気がしていて、
それだけは許されてきたように思う、
あなたが死んでしまうなら、ぼくも死ぬだろうと、
たしかにこころにきめるとき、

ぼくの心臓は事切れて、手のひらの上で薔薇となった。
あなたの頬に顔を寄せるとき、
ぼくは自分の死んでしまった心臓のことを思う、
全てのこれまでの生きてきた日々を弔うようにして、
きみと、死んだっていいと思ったとき、
たった二輪の薔薇だけが手元に残る、
愛でも永遠でもなく。ただの二輪の枯れた薔薇。

あとがき

美しい朝に気づく日はある。何千回も訪れていたはずの朝が、同じ姿であるはずの朝が、突然とんでもない新しさをまとって目の前に現れる。そんな日は自分がずっと俯いてやり過ごしていた世界に、まだ知らない何かがある気がして、すこしだけ未来を明るく感じる。朝そのものに希望があると無邪気に信じることはもうないけれど、でも、当たり前にやり過ごしていたものが突然美しく見えたとき、自分はまだ多くのことを知らない気がした。なにもかもを知ったつもりになって、いろいろ諦めてしまうことに躊躇が生まれる。それはほんの少しの変化で、何もかもが「予感」でしかないのだけれど。希望というにはあまりにもささやかなのだけど。

世界が美しいってことはずっと前から知ってはいた。湖の水面は夜のあいだ光が漂って、その輪郭は昔の写真に映る人の、瞳の光みたいにくっきりとしている。それに夕方の橙の光は、空にあるものより湖面にちらばったもののほうが真実の姿に見える。ゆるゆると、どんなにのんびり話してもみんな自分の話を聞いてくれると信じて疑わない、そんな人みたいに光はおだやかに揺れている。世界はきれいだ、好きな花も思い出の花もあるし、好きでもなんでもないけれど学校の近くでいつもみていた木蓮の花を、その時期になると思い出す。でもそれらのこともいつも、すぐに忘れてしまう。だってずっと私はここに生きているから。

だから、不意に美しさに気づいたとき、少しだけ自分がちゃんと呼吸をした気がする。世界と向き合って、常に私はどこかで緊張をしていた。世界をまっすぐ見つめていたつもりなのに、見つめていたからこそ見えなくなって、あるとき急に世界のことを思い出したような感覚になる。心が緊張することをやめて、柔らかさを取り戻した瞬間、朝や美しい光や季節が、心の底まで飛び込んでくるんだ。

簡単に忘れてしまうけど、でも忘れるから、世界は「新しさ」をまとって何度も現れる。くりかえし何度も秋が来る理由、花が咲く理由、それらは、忘れられるため、そして気づかせるため、ということにしてもいいように思う。都合よく、そういうことにしている。それでいい。希望を与える、というのは大袈裟だけど、でも同じことを繰り返しているだけなのに、世界をずっとずっとそれらが新しくしている。それはたぶん、間違ってない。

私は、大切な人には美しい季節や、朝に気づいてほしい。毎日でなくても。たまに、気づいてほしいなって思う。幸せになってほしい、とかはむずかしい、具体的なことが何もわからないし、あなたは何が幸せなのか、私にはわからないから。でも世界はずっとずっと美しいと思う。その美しさが私やあなたと少しも関係がないまま遠くに佇んでいることはとても多いけど、それらが何かを埋め合わせてくれるわけではないのかもしれないけど、でも、そんな時でも頭上には秋の空気が流れていたり、冬の切れ端がカーテンの端を揺らす。

それらに気づく瞬間の「あなた」はどこまでも、あなただけのものだ。

たとえその美しさが遠くても。あなた自身はあなたの真ん中で、その新しさに気づいている。

私は自分の詩も、そんなものになれたらいいなと思っている。ずっとそこにあって、そして突然美しく見える瞬間をもたらすものだったらいいな。詩を読んだその人にとっての「世界」が、新しさをまとって現れるきっかけになることがあれば、素敵だって思う。

美しい詩を書きたいというより、読む人の世界の美しさのきっかけになりたい。季節みたいに。いつかそんなことができたらいいなって思う。

私の詩を読んでくださって、ありがとうございました。

初出

上弦の月の詩　ネット

指輪の詩　最果タヒ書店（丸善ジュンク堂書店）

最小の星座　yom yom 2022.05.10

残暑の詩　ネット

川底の詩　ネット

氷柱　yom yom 2022.02.15

真珠の詩　私と真珠。 madameFIGARO.jp 2023.08.25

雪　本の窓 2022.05

衛星の詩　ネット

運命　yom yom 2022.02.08

湖の詩　ネット

1/7000000000　yom yom 2022.08.23

夕焼けの詩　ネット

吹雪　yom yom 2022.04.05

光の注文　最果タヒ書店（丸善ジュンク堂書店）

涙の詩　最果タヒ書店（丸善ジュンク堂書店）

こいぬ座の詩　ネット

水たまり　ネット

天の川　yom yom 2022.09.27

砂漠　yom yom 2022.07.19

新しい日　yom yom 2022.08.16

日没の詩　ネット

※単行本収録に際して改題改稿している作品があります。

BABY　yom yom 2022.03.15

2022　yom yom 2022.09.06

銀木犀の詩　ネット

波音の詩　ネット

宝石　yom yom 2022.04.19

開かれた本から心臓の音がする。　最果タヒ書店（丸善ジュンク堂書店）

赤　yom yom 2022.08.09

浅瀬　yom yom 2022.09.20

線香花火の詩　ネット

それから　yom yom 2022.08.02

金色の詩　ネット

陽　yom yom 2022.07.26

朝日　yom yom 2022.10.04

新月の詩　最果タヒ書店（丸善ジュンク堂書店）

満月の詩　最果タヒ書店（丸善ジュンク堂書店）

幸せ　yom yom 2022.08.30

薔薇　CanCam 2022.06

指輪　yom yom 2022.03.01

本棚の詩　最果タヒ書店（丸善ジュンク堂書店）

麻酔　yom yom 2022.10.18

天使と人　現代詩手帖 2023.01

The Kiss　yom yom 2022.05.03

最果タヒ　さいはて たひ
詩人。1986年生まれ。2004年よりインターネット上で詩作をはじめ、翌年より「現代詩手帖」の新人作品欄に投稿をはじめる。2006年、現代詩手帖賞受賞。2007年、第一詩集『グッドモーニング』を刊行。同作で中原中也賞を受賞。以後の詩集に『空が分裂する』、『死んでしまう系のぼくらに』（現代詩花椿賞）、『夜空はいつでも最高密度の青色だ』（2017年、石井裕也監督により映画化）、『愛の縫い目はここ』、『天国と、とてつもない暇』、『恋人たちはせーので光る』、『夜景座生まれ』、『さっきまでは薔薇だったぼく』、『不死身のつもりの流れ星』がある。2017年に刊行した『千年後の百人一首』（清川あさみとの共著）では100首を詩の言葉で現代語訳した。2018年、案内エッセイ『百人一首という感情』刊行。小説作品に『星か獣になる季節』、『渦森今日子は宇宙に期待しない。』、『十代に共感する奴はみんな嘘つき』など、エッセイ集に『きみの言い訳は最高の芸術』、『「好き」の因数分解』、『コンプレックス・プリズム』、『恋できみが死なない理由』など、絵本に『ここは』（及川賢治／絵）、翻訳作品に『わたしの全てのわたしたち』（サラ・クロッサン／著、金原瑞人との共訳）がある。

落雷《らくらい》はすべてキス
2024年1月30日　発行

著者：最果《さいはて》タヒ
ブックデザイン：佐々木 俊

発行者：佐藤隆信
発行所：株式会社新潮社
〒162-8711　東京都新宿区矢来町71
電話　03-3266-5611（編集部）
03-3266-5111（読者係）
https://www.shinchosha.co.jp

印刷所　錦明印刷株式会社
製本所　大口製本印刷株式会社

ISBN978-4-10-353812-7　C0092